Do Won

모두 사랑하세요 ⌣
그리고 행복하세요 ⌣
항상 감사드립니다 !

항상 건강하시고
행복하세요~♥

따뜻한 햇살,

향긋한 바람,

그리고   너

PHOTO ESSAY
트랙터는
사랑을 싣고

초판 1쇄 인쇄 2023년 7월 5일
초판 1쇄 발행 2023년 7월 20일

지은이 NEW · (주)래몽래인 · 콘텐츠판다
펴낸이 정은선
디자인 ALL contents group

펴낸곳 (주)오렌지디
출판등록 제2020-000013호
주소 서울특별시 강남구 선릉로 428
전화 02-6196-0380
팩스 02-6499-0323

ISBN 979-11-7095-007-3 (03810)

www.oranged.co.kr

일러두기
드라마의 입말을 살리기 위해 맞춤법 원칙을 지키지 않은 부분이 있습니다.

PHOTO ESSAY

트랙터는
사랑을 싣고

NEW · 래몽래인 · 콘텐츠판다 지음

blackD

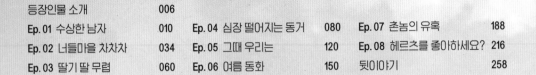

차례

선율 27세

"나 걱정해 주는 건 예찬이 너밖에 없다."

예민함과 까칠함마저 잘생긴 서울 남자 선율은 모두가 우러러보는 선망의 대상이다.

수려한 외모, 로스쿨 수석을 한 번도 놓치지 않는 뛰어난 두뇌에 든든한 집안 배경까지. 하지만 완벽해 보이는 선율의 삶은 텅 비어 있다.

10대 시절 '헤르츠'라는 이름으로 언더그라운드에서 주목받던 천재적인 비트메이커였던 선율.

음악밖에 모르던 시절, 마음을 휘젓는 이를 만났고, 이 사실을 안 아버지는 잔인한 선택을 종용한다. 좋아하는 사람과 함께하려면 음악을 포기하고 아버지의 뒤를 이어 법조인이 되라고 한 것이다.

선율은 헤르츠라는 자신을 버린 걸 후회하지 않는다. 믿음만큼 오래가진 않았지만, 연인과 함께할 수 있어 행복했다. 그래도 아무것도 남지 않았다는 허망함은 어쩔 수 없다. 선율은 결국 하버드 연수 과정도 포기하고 도피하듯 서울을 떠난다.

비가 세차게 내리는 밤, 외할아버지 집이 있는 너들마을에 도착한 선율은 한 남자를 만난다.

도랑에 차가 빠져 곤란해하는 선율을 무뚝뚝하게 도와주는 남자. 다음 만남에서는 넉살 좋게 '햄'이라고 불러도 되냐는 남자. 잘 웃고, 잘 울고, 잘 먹고… 가식 따윈 찾아볼 수 없는 순수한 시골 청년 예찬으로 인해 얼어붙어 있던 선율의 마음에 조금씩 햇살이 비추기 시작한다.

서예찬 20세

"내 햄 좋아해요. 내 진짜 진짜 좋아해요."

태어나 자란 너들마을을 떠난 적 없는 순도 백 퍼센트 농촌 청년 예찬.

큰 키에 다부진 몸매, 구릿빛 피부, 튼실한 팔 근육, 경상도 사투리와 촌 생활 연륜에서 묻어나는 여유 덕분에 나이 든 아저씨로 오해받곤 한다. 단단한 껍질 속 부드러운 과육처럼 사실 예찬은 정 많고 눈물 많은 여린 감성의 소유자다.

어려서부터 부모님을 도왔던 예찬은 주변 친구들이 도시의 대학으로 진학할 때 홀로 남아 농사에 전념한다. 밥 세 공기 뚝딱 해치우는 복스러움에 선하고 싹싹한 성격인 예찬은 노령화된 너들마을에서 할머니 할아버지들의 아이돌이자 해결사다. 그뿐만 아니라 새빨간 트랙터 오너드라이버이자 축사, 과수원, 논, 밭 등 많은 사업을 동시에 운용하는 옹골진 청년.

어느 날 예찬은 한 서울 남자를 만난다. 볕 아래서 일 한번 안 해봤을 하얗고 잘생긴 남자.

제 곁을 절대 내어 주지 않을 것처럼 보여도 밀어내지 않는 남자. 자신이 좋아하는 일을 하는 게 진짜 멋진 거라고 말해 주는 남자. 순진한 시골 총각의 마음을 사정없이 뒤흔드는 서울 남자 선율로 인해 예찬은 난생처음 느껴 보는 감정에 휩싸이는데!

권인서

인기 뮤지컬 배우

선율의 예술고등학교 동창으로, 평소 쌀쌀맞지만 자기에게만 너그러운 선율의 특별한 사람이라는 특권 의식을 즐긴다.

뛰어난 작곡 능력에도 불구하고 음악을 포기한 선율과 달리 혼자 꿈을 이뤘다는 사실에 고통받는다.

백동식

선율의 외할아버지네 개

쓰러진 주인 옆에서 짖어 이웃집 예찬에게 위기를 알린 영특한 견. 예찬을 친형처럼 따른다.

선율 아버지

어긋난 부성애

총명한 아들이 자신의 뒤를 이어 법조인이 되기를 바란다.

전폭적인 지원에도 불구하고 중요한 시기를 현실감 없이 보내는 아들이 걱정이다.

예찬 어머니

정 부자 흥 부자

예찬의 인정 많고 쾌활한 성품은 엄마를 닮았다.
대학을 가지 않고 시골에 눌러앉은 아들이 걱
정되지만, 나름의 방식으로 외아들을 무척 아
낀다.

마크 필리쉬

캐나다 출신의 이장님

예찬보다 무려 스물네 살이나 많
지만, 항상 콤비를 이뤄 마을의 문
제들을 해결하는 예찬의 동료이자
친구이자 멘토.

너들상회 여사님들

김 할머니와 아줌마

너들마을의 마트이자 우체국, 쉼터인 너들상회
에서 토털 서비스를 제공하는 여사님들.

Are you ready?

과 탑, 시험공부 안 해?

뭐… 안 봐도 될 거 같긴 해.

재수 없는 놈.

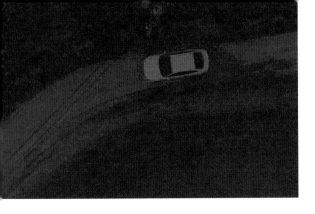

잠시 후, 목적지가 있습니다.
뭐야…?
이거 왜 이래?

트랙터…?

무슨 일이시죠?
단디 잡으소.

아저씨!
아저씨?

왜 자꾸 쳐다보는 거야… 기분 나쁘게.

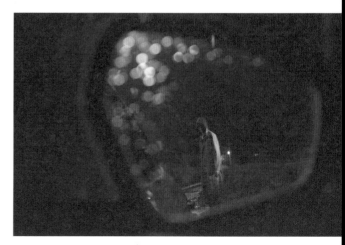

너, 부피가 좀 다르다?
우리 동식이 잘 챙겨라! 그놈이 내 생명의 은인이야.

이봐요!
재물손괴죄 형법 제366조에 따라
3년 이하의 징역
또는 7백만 원 이하의 벌금.
동물학대의 경우 3년 이하의 징역
또는 3천만 원 이하의 벌금!
동물…학대?

비켜!

몬 비키겠는데?!

이 개 도둑이 진짜!!!

EP. 02

너들마을
차차차

그라믄 백 소장님 손자가?
눈부셔라, 뭘 입어도 태가 나네!
서울서 와서 그른가?

근데, 나이가 우째 되십니꺼?
스물일곱 살입니다. 말씀 편하게 하세요.
저는 스무 살이거든요. 햄이라고 불러도 되지요?
네?!!

남들은 우째 생각할지 몰라도,
전 농사일이 진짜 좋거든요.
본인이 좋아하는 일을 하는 게,
진짜 멋진 겁니다.

서울서 로스쿨 다닌다 아입니까. 변호사, 검사, 판사되는 공부,
그거 하는 사람입니다.
'아… 불편하네…'

햄, 근데 내 불편해요?
말 놓으세요, 햄~~ 내보다 일곱 살 많다 아입니까.
뭐… 천천히요.

담에 만남 말 놓기에요!!
참 과한 친절이네.

뭐 좋은 일 있나, 맨?
오랜만에 친구 생긴 거 같아서요.
진짜 멋있죠? 피부도 하얗고, 억수로 잘생기고,
머리도 똑똑해가 로스쿨 다녀요.
겉모습만 보고 판단하는 건 나쁜 거다.
겉모습만 보고 그러는 거 아니에요!

수면유도제?!

별로 어려울 거 없습니다.
그냥 저 따라하면 되거든요. 햄은 머리 좋으니까
금방…

예찬 씨, 좀 조용히 가죠.
햄 진짜 너무하는 거 아닙니꺼? 왜 자꾸 예찬 씨라 합니꺼.
고마! 그냥 예찬아, 요래 불러 주면 안 돼요?

예찬아! 너 괜찮냐고.
!!!

EP. 03 딸기 딸
무렵

어디 아파?

'심장이 왜 계속 빨리 뛰노.'

햄, 살짝 톡!
햄 머리는 억수로 좋드만, 손재주는 영 파이네요.
파이?

뭐, 쉽네?

'내가 미쳤는 갑다. 아까부터 심장이 와 이리 뛰노.'

앤 줄 알았더니… 제법이네…?

남의 전화 함부로 받는 거,
되게 실례되는 행동이야.
아빠 전화…
받고 싶어도 못 받는데…
난…

서울 사람은 다 깍쟁이라 카드만,
그 말 틀린 거 하나 읎따!

사람들이 찾으러 다니고 있어.
그러니까 금방 누가 올 거야.

뭐지…?
왜 얘 얼굴이 보이는 거야…?
꿈인가…

Ep. 04 심장 떨어지는 동거

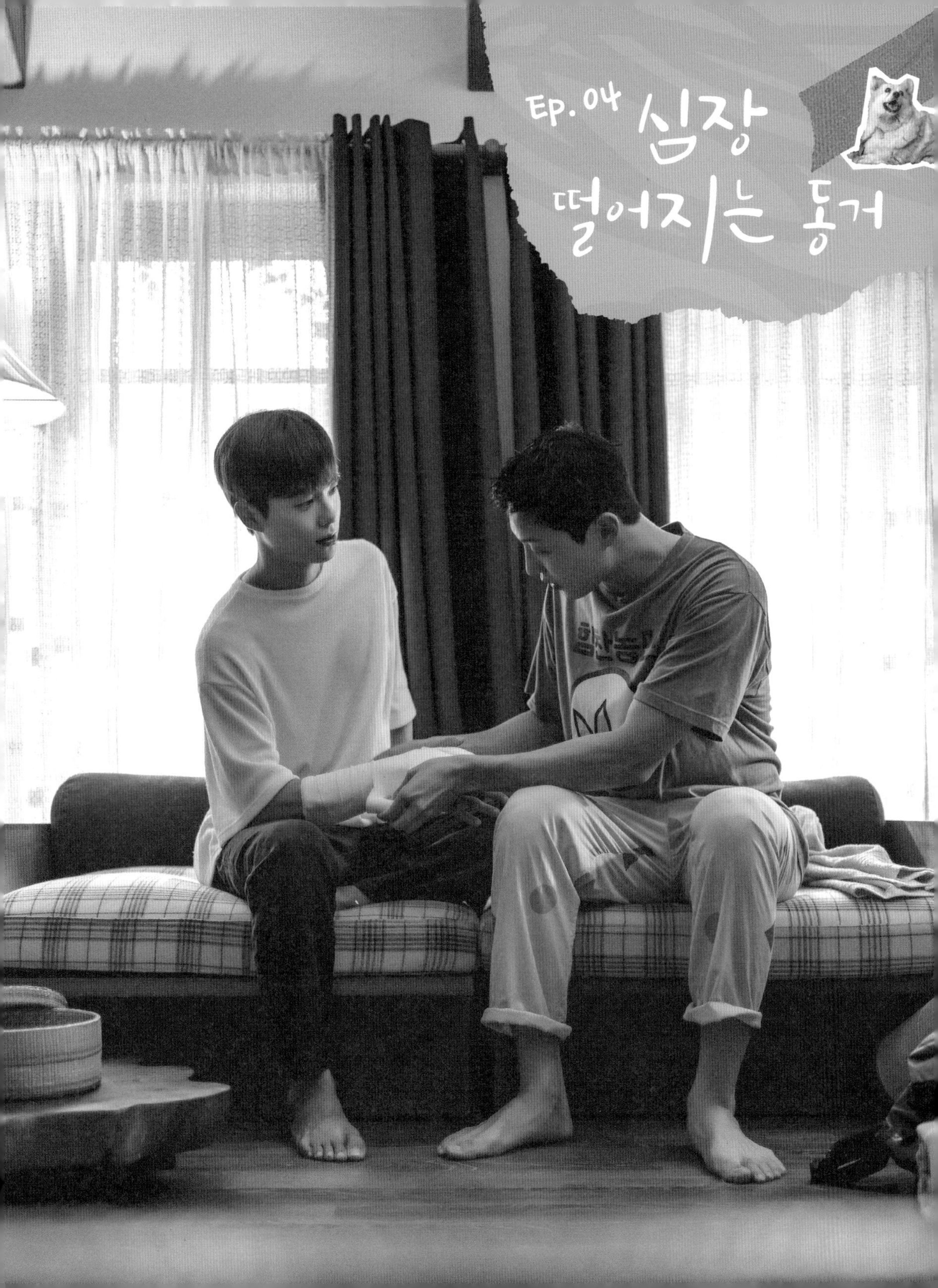

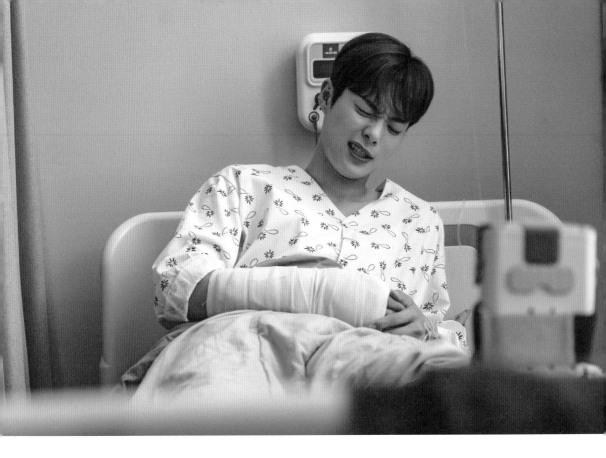

많이 아파요, 햄?!!
귀가 아프다구. 좀 작게 말해, 잘 들려.

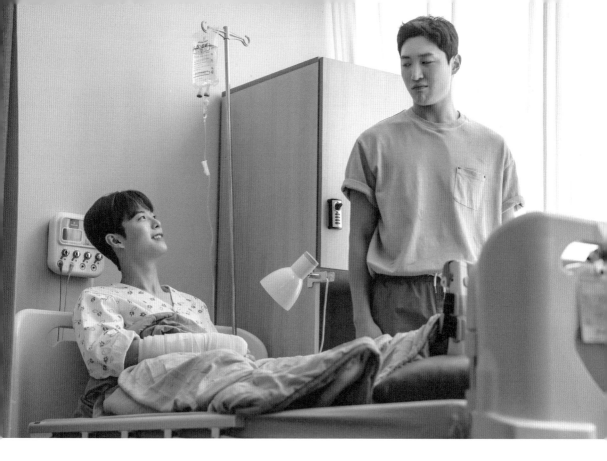

내가 진짜 얼마나 걱정했는지 알아요?
고마워 예찬아. 찾아 줘서…

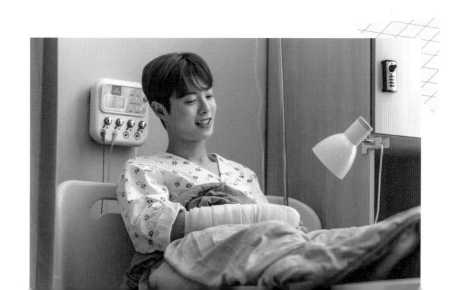

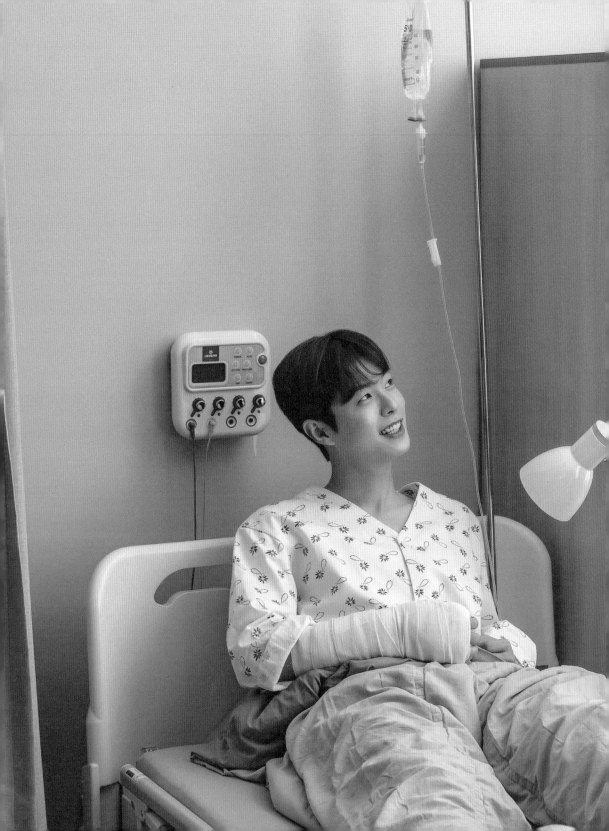

그만 가 봐.

저 안 갈 건데요?

당연히 내가 햄 간호해야죠.
햄은 환자니까 내가 다 해 줄게요. 가만있어 보이소.

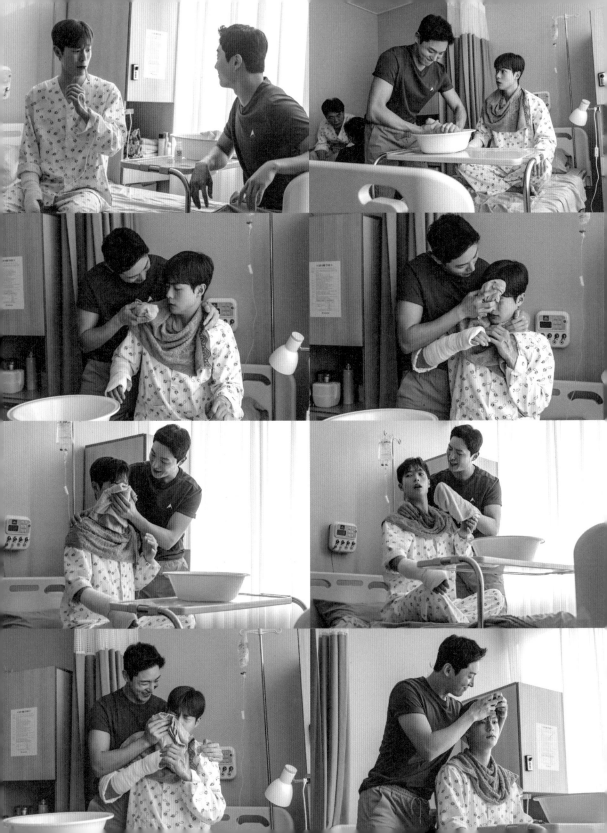

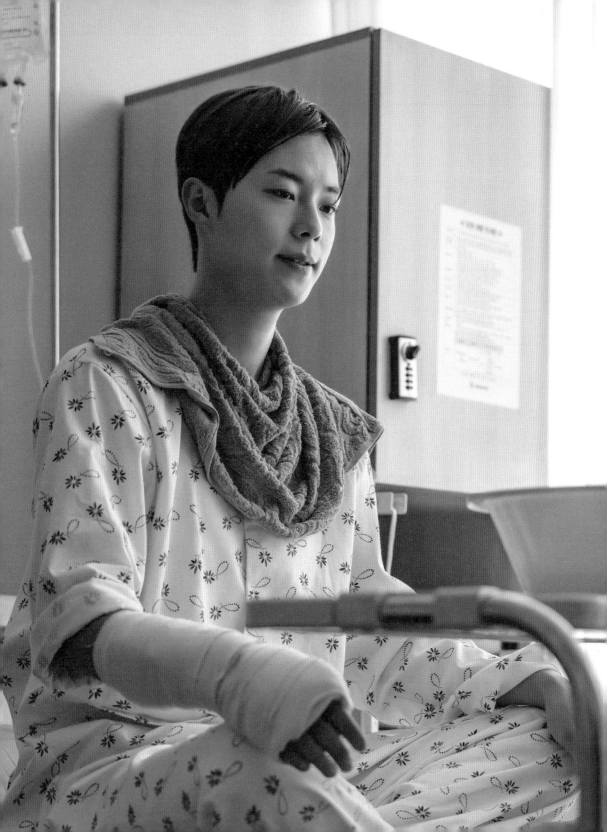

좀 가만있어 보이소.
아니, 밑에.

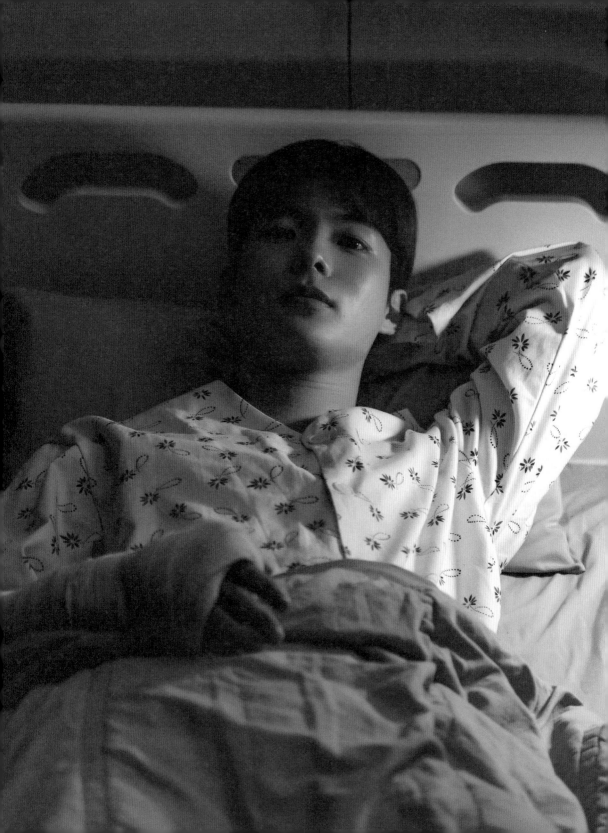

집에 가서 자. 불편하잖아.

불편하진 않나 보네…?

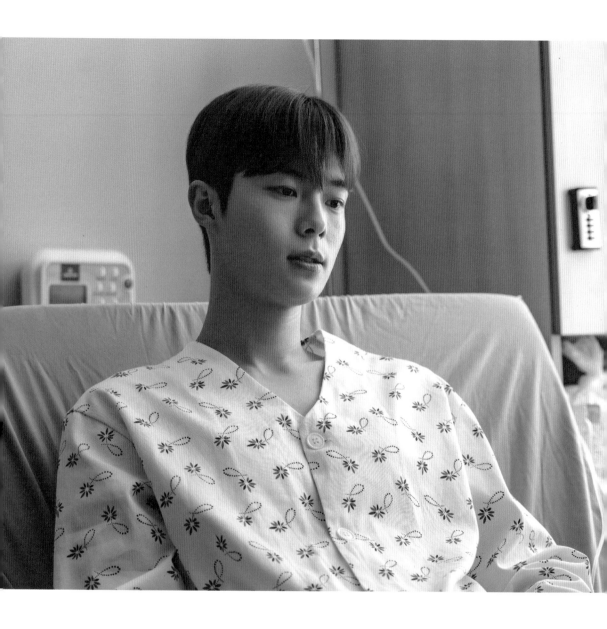

너, 내가 피아노 쳤다는 거, 어떻게 알아…?
나 좀 피곤해서 그런데, 그만 가 줄래?

'갑자기 와 저라노…?'

보호자분 없이 퇴원하시는 거예요? 힘들겠다.

걔는 뭘 이런 걸…

내가 종일 만든 긴데!! 똥식이 니!! 우짤 낀데!!

동식이랑 왜 싸우고 있어? 꼴은 그게 또 뭐고?

햄 퇴원 기념으로 제가 직접 케이크를 만들었거든요…?

맛있네.

햄 깁스 풀 때까지만 같이 있으라고 왔는데…

안 되나? 안 돼요, 햄~?

그럼 일단… 벗어.

자꾸 와 이라노…
아무래도 나 마이 아픈가 보다!!
찬, 그것은 병이 아니다.
사랑이다, 러브!

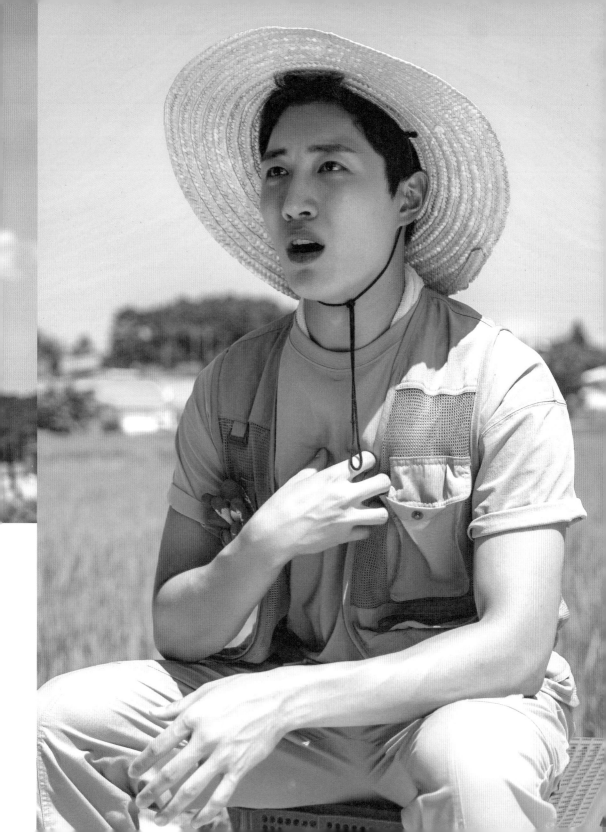

어우 술 냄새! 야, 넌 무슨 술을 그렇게 많이 마셨어?

내는 햄한테 궁금한 게 억~수로 많은데여, 햄은 뭐를 좋아해요?
좋아하는 음식은 뭐고, 좋아하는 색깔은 뭐고, 또 뭐 있노? MBTI?
취했으면 들어가 자라.

햄, 애인 있어요?!
응, 있어.
…?!! 네?
애인 있다고.
…!!!!

EP. 05

그때 우리는

술주정에 구토에 난리 피워 놓고, 기억이 하나도 안 나?
하나도 안 나는 건, 아니네요… 안 나고 싶은 건 있는데…

애인 있대요!
우째요, 인자. 지는 맘을 확인해버렸는데…

안녕, 율아?

네가 헤르츠구나? 그 천재 프로듀서.
나, 네 팬이거든.

나 뮤지컬 배우 되면, 네가 만든 노래를 내가 부르는 거야.
잘할 수 있어.

좋아합니다, 은서.

음악, 포기할게요.

아직 연습 중이야?
응, 나 혼자 연습실.

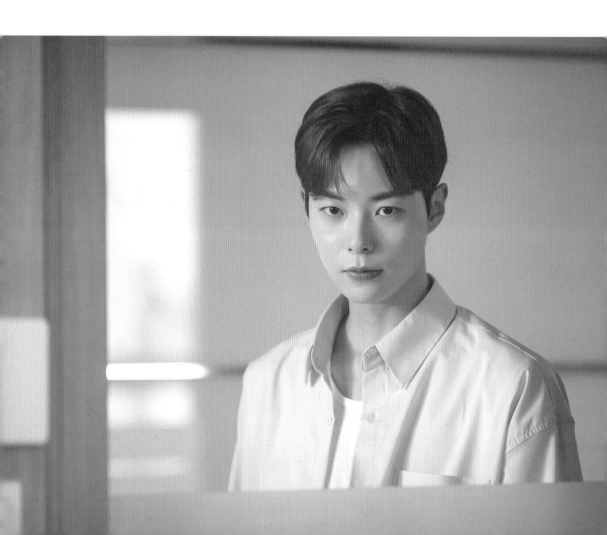

넌 항상 이런 식이지. 네 맘대로.
반갑다는 인사가 너무 차갑네. 멀리서 보려고 왔는데.
시간 갖자고 한 거, 그냥 한 말 아냐.

친구도 선물은 괜찮지 않나…?
그쪽이 율이한테 뭐라도 되나?

호떡!
이게 그렇게 먹고 싶었어?

내가 빠지는 게 맞는 기다. 이기 맞는 기다…
내는 아무것도 모른다. 내는, 아무것도 아이다…

근데, 오늘은 그분이 같이 안 오셨네요?

덩치 큰…?

나, 너 여기 혼자 두고는 못 가겠어. 그러니까, 같이 가자.

헤어지자.

우리 이거 연애 아냐. 사랑도 아니고. 너도 알잖아.

안 돼요!!
안 돼요, 햄…!

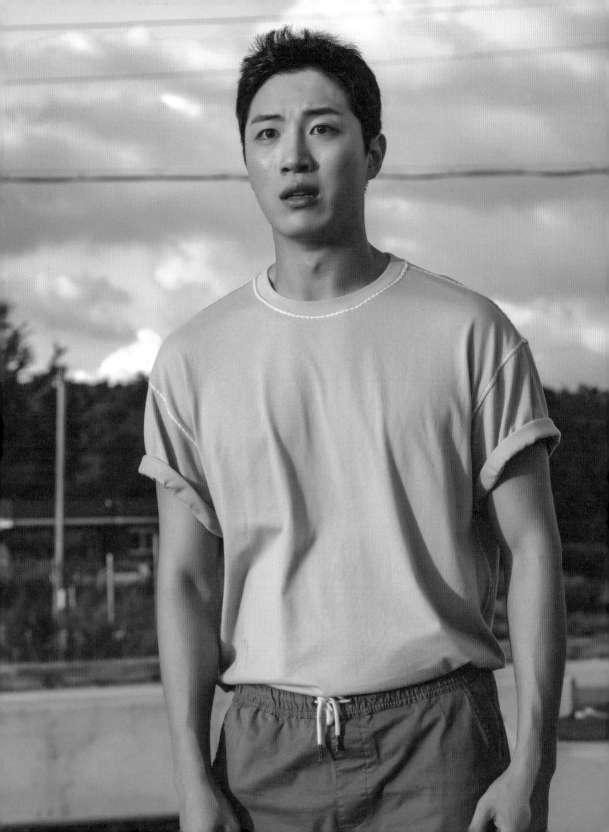

Ep. 06
여름 동화

뭐 하는데?! 아까부터 계속 멍 때리고 앉아가지고!
내도 진짜 그만하고 싶다! 내도 진짜 안 이라고 싶다!!
내 마음이 내 맘대로 안 돼서 너무 아프다!!! 진짜 아프다꼬!!

오랜만이네…?
내 좀 따라오이소.

일당 5만 원, 아무리 생각해도 모자란 거 같은데? 최저 시급도 안 맞고.
아이고, 들키뻣네!

복분자가 참 좋은 거다~!
둘은…? 밤이 너무 길겠어.
자! 건배하자! 오늘 밤을 위하여~!!

치얼스~
담금주는 훅 가. 천천히 마셔.
아잇~ 햄! 이제 두 잔 마셨어요!

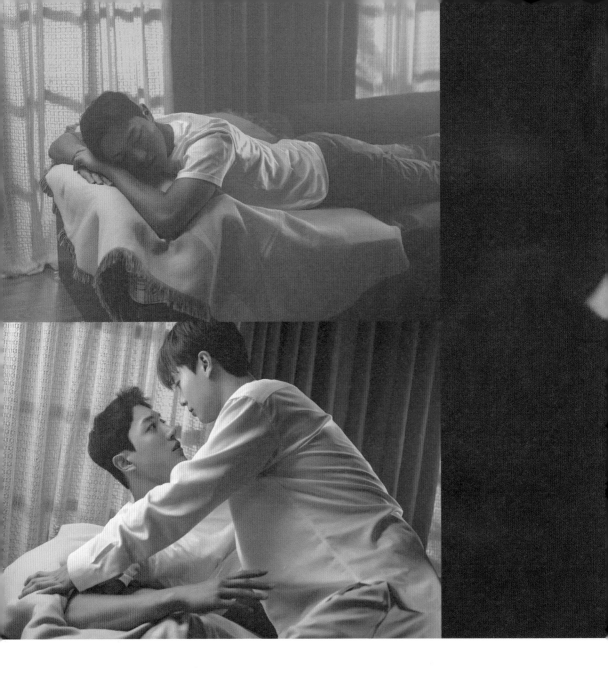

술 마셔서 그런가? 덥다.

왜 그렇게 봐요?

어으… 어쩌자고 이렇게 밍구스런 꿈을…
아이 진짜… 이제 햄 얼굴 우애 보노!

내는 인물을 너무 본다.

햄… 미안해요. 내는 햄을 볼, 목소리 들을 용기도 없네요…

EP. 07
촌놈의 유혹

서예찬! 가방 안 찾아가냐?
너, 내 전화도 씹더라?
나 보면 막 도망가고?

서예찬! 나 똑바로 봐.

뭐가 문제야?

너 나한테 뭐 화났어?

너, 나 왜 피해?

떨려서요!
햄 보면, 억수로 떨려서요!
내, 햄 좋아해요!

햄 좋아해여, 진짜 진짜 많이 좋아한다구요!!
그만. 알겠으니까 그만해.

지금 이 말, 못 들은 걸로 할게.
들었잖아요! 왜 못 들은 척하는 건데요?
내가 지금 누굴 신경 쓸 여유가 없어.
그러니까, 없었던 일로 하자.

햄한테 말하고 나니까 더 못 참겠습니데!!
두고 보이소!! 햄이 내를 볼 때마다
두근두근하게 해 줄 테니까!
햄이 내를 남자로 보게 만들 낍니데!

햄, 오늘 날씨 참 좋지요?
저짝 하늘 쫌 봐 봐요.
여기 꽃도 쫌 보고요.
쩌기 새도 쫌 보고요.
햄 좋아하는 내 얼굴도 쫌 보고요.

햄하고 하고 싶은 게 많아요.
이렇게 말도 걸 거고요.
딸기도 줄 거고요.
작업도 걸랍니다.
선물도 줄 거예요.
팔찌 선물은 '나에게 소중한 사람이야'라는 뜻이래요.

차였어?

예에. 한 번도 아이고, 매일 계속 계속 차이고 있습니다.

근데 와 이리 기분 좋노?

차이면, 또 골을 넣음 되죠!! 지는 포기를 모릅니더!

햄 어딨어요?
설마, 도망간 기가?!!

니도 구멍이 나고,
내 맘도 구멍이 숭숭 났다.

누가 그러던데.
본인이 좋아하는 일을 하는 게,
진짜 멋진 거라구.

이거 내 피아노야. 버린 줄 알았는데… 여기 있었네…

햄, 한 곡 쳐 주이소.
좋아하는 노래 있어?
음… '칠갑산'?

누가! 누가 이래 멋있으래요?!!
누가 '나비야'를 이렇게
멋들어지게 칩니꺼?!!

음악도 농사랑 똑같네요?
이뻐해 주면 이뻐하는 게, 다 티가 나거든요.
햄!! 꼭 음악 해요!

왜 그렇게 떨어져서 와?
또 뽀뽀하고 싶음 우째요!!!

EP. 08

헤르츠를
좋아하세요?

이제 아버지 아들이 아니라, 저 자신으로 살 겁니다.
더는 제 인생에 간여하지 마세요.

행님,
지는 심장이 빠진 거 같아요.
무섭다 상사병!

밥도 맛이 없네…?
니 한 공기 다 묵었따!
뭔 헛소리고?
맘이 헛헛해서 헛소리다.
곱게 미치라? 어?!!
이미 미칫따.

끝났다…!
우와!! 고생했어요, 햄!
다 네 덕이야. 정말 고마워.

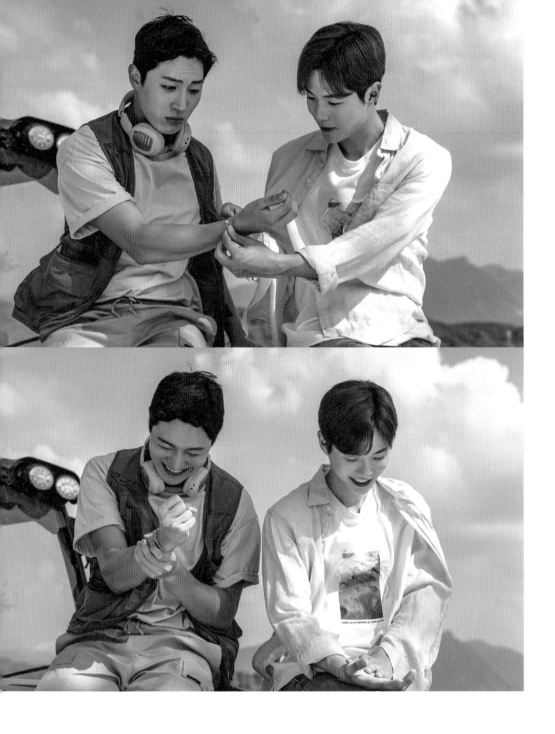

이 유치한 걸 나만 하고 다니라고?
내는 인자부터 햄한테 소중한 사람입니더.

60인치 TV가 물에 빠졌네?
TV 힘이 얼마나 센지 함 볼래요?

맨날 이렇게 햄이랑 놀고 싶은데.

재밌었어, 나도.

소원 하나만 들어주면 안 돼요? 서울 가기 전에.

알고 있었어…?

햄, 안녕!
오늘 뭐 했어요?

이건 연습이에요. 떨어져 있는 연습!
서울서 맨날 영상 통화해 주기! 이게 내 소원이에요.

밥 먹었어?
두 그릇 먹었어요!
입맛이 없나 보네…?
햄이 없어서 그렇죠…
저녁은 세 그릇 먹어!

보고 있어도 보고 싶다는 말이 이런 기가?
이제야 노래 가사가 이해가 되네.
가끔은 너무너무 보고 싶어서 서울로 훌쩍 떠날까 싶은데,
난 어른이니까, 씩씩하게 햄의 꿈을 응원해 줄 거다.

다녀왔어.
씩씩하게 잘 기다린 보람이 있다.

뒷이야기

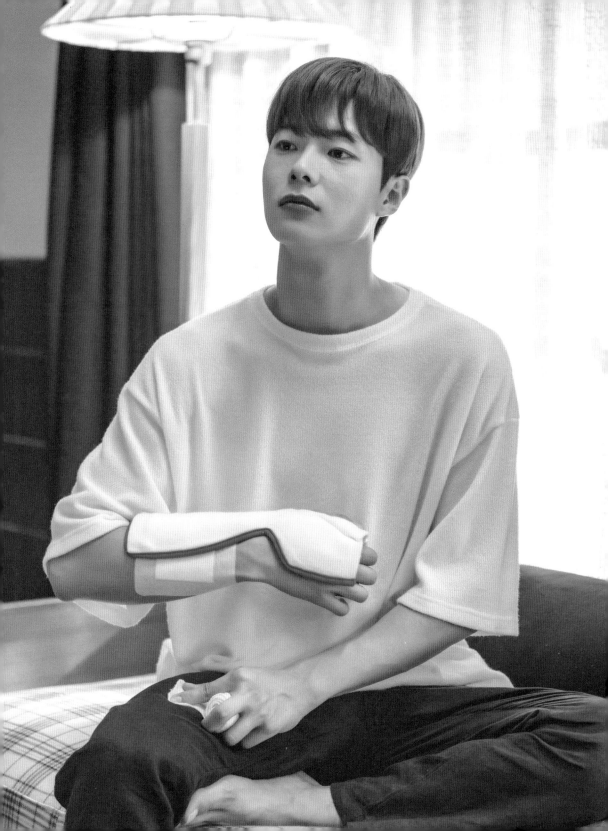

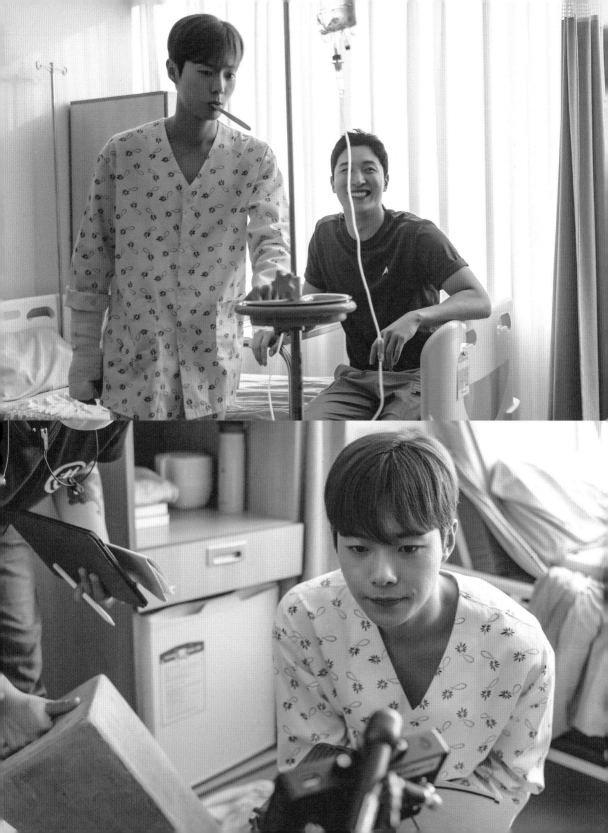